LE BATEAU A VAPEUR,

COMÉDIE EN UN ACTE,

MÊLÉE DE COUPLETS,

Par M. HENRI-SIMON,

Représentée pour la première fois, à Paris, sur le théâtre de la Porte Saint-Martin, le 8 Mai 1816.

A PARIS,

Chez { Mlle. HUET, Libraire, rue de Richelieu, n°. 7.
Et Mad. L'ADVOCAT, Libraire, au Palais-Royal, Galerie de bois, n°. 205, au Cabinet Littéraire.

MAI 1816.

PERSONNAGES.	ACTEURS.

CARAFON , limonadier.   M. PASCAL.

ÉLISE, sa fille.   m^lle. RÉVALARD.

ARMAND , jeune peintre.   M. HYPOLITE.

> Cousins d'Elise.

MOUFFLET , Normand.   M. PIERSON.

DURFORT , huissier.   M. BERRARDIER.

LAFLEUR, valet d'Armand.   M. PAULIN.

LAURENT, garçon du café.   m^lle. MARIETTE.

FLANARD,   M. ÉMILE.

GOBIN ,   M. VISSOT.

FEUILLET,   M. BODOT.

BOURRU,   M. LACAZE.

> habitués du café de Carafon.

Plusieurs Personnages muets.

La scène se passe dans le café de Carafon , situé sur le quai Voltaire. On aperçoit la rivière à travers les vitraux du café.

Nota. S'adresser, pour la partition, à M. *Piccini ,* chef d'orchestre au théâtre de la Porte Saint-Martin.

LE BATEAU A VAPEUR,
COMÉDIE EN UN ACTE.

SCÈNE PREMIÈRE.

FLANARD, GOBIN, BOURRU, FEUILLET, LAURENT.

(*A gauche, plusieurs personnes déjeunent.*)

BOURRU, *à Feuillet.*

Monsieur, j'ai retenu le Moniteur après vous.

FEUILLET.

Vous l'aurez dans l'instant, Monsieur, je vais le commencer.

GOBIN.

Eh bien, M. Flanard, comment vont les plaisirs ?

FLANARD.

Oh! je n'ai pas à me plaindre, M. Gobin.

AIR : *Avec ma pipe de tabac.*
La semaine fut assez bonne,
Dans mainte course que je fais ;
J'ai vu mourir une lionne,
Et verser trois cabriolets ;
J'ai vu battre deux demoiselles,
Afficher des effets perdus,
Et tomber trois pièces nouvelles,
Que peut-on désirer de plus ?   (*bis.*)

GOBIN.

Ah ! vous allez donc toujours au spectacle ?

FLANARD.

Je ne manque pas une nouveauté.

UN DÉJÉUNEUR.

Garçon !

LAURENT.

Monsieur.

GOBIN,

Que dites-vous de la dernière parodie !

UN DÉJEUNEUR.

Il n'y a pas de sel.

LAURENT.

En voilà, Monsieur.

FLANARD.

Elle m'a beaucoup fait rire.

GOBIN.

Les Français annoncent une nouvelle tragédie.

UN JOUEUR.

Echec.

FLANARD.

Je me suis déjà assuré d'un billet.

GOBIN.

On répète au boulevard un nouveau mélodrame.

UN DÉJEUNEUR.

Encore un bouillon !

FLANARD.

L'auteur m'a promis une loge.

GOBIN.

Eh bien, je vous retiens une place.

FLANARD.

C'est dit, nous déjeunerons ce jour-là au Cadran-Bleu.

GOBIN.

A propos du Cadran-Bleu; j'y ai assisté avant-hier à une noce.

FLANARD.

A celle de la petite voisine, peut-être ?

GOBIN.

Justement.

FLANARD.

Qui a-t-elle épousé ?

UN DÉJEUNEUR.

Un dindon.

GOBIN.

Un homme charmant, ma foi, et qu'on dit fort riche.

FLANARD.

Tant mieux.... Il y a ce soir séance à l'Athénée.

UN DEJEUNEUR, *prenant son bouillon.*

C'est froid comme de la glace.

GOBIN.

Parbleu! si vous voulez, nous irons y faire un tour.

FLANARD.

Volontiers.

BOURRU.

Garçon, donnez-moi donc un journal.

(5)

LAURENT.

Mais, Monsieur, ils sont tous en lecture.

BOURRU.

Oh ! cela ne m'étonne pas, quand M. Feuillet est dans un café, on est bien sûr qu'il n'y a jamais de journaux de libres.

FEUILLET.

Qu'est-ce que vous dites donc, M. Bourru ? je n'en lis que cinq tous les jours.

BOURRU.

Pas davantage ?

FEUILLET.

Non, Monsieur.

AIR : *Quand on ne dort pas de la nuit.*
A jeun, je lis le *Moniteur,*
Et puis, en prenant quelque chose,
Je lis *Paris* chez mon traiteur ;
Ensuite chez mon décroteur
Je vais feuilleter le Nain *rose.*
A midi, je lis en dînant
Le *Mercure* de la semaine,
Et tous les soirs en m'endormant
Je parcours la *Quotidienne.*

LAURENT.

Tenez, Monsieur, voulez-vous le Nain vert, personne ne le lit.

BOURRU.

Va-t-en au diable, je veux un journal d'aujourd'hui.

LAURENT.

Eh bien, attendez, jai votre affaire.

AIR : *Vaudeville du petit Courrier.*
Ce journal, des honnêtes gens,
Est chaque matin-la lecture ;
Son produit, à ce qu'on assure,
Se distribue aux indigens.
Aussi de ce journal en France,
Le succès n'est point contesté ;
On s'abonne par bienfaisance,
Et l'on le lit par charité.

FLANARD.

Eh ! Messieurs, Messieurs, grande nouvelle !

TOUS.

Qu'est-ce que c'est ? qu'est-ce que c'est ?

FLANARD.

C'est une lettre.

GOBIN.

De Pondichéri?

FEUILLET.

D'Astracan?

BOURRU.

De Visapour?

UN AUTRE.

De Bilbao?

FLANARD.

Non, de Chaillot.

GOBIN.

Où est-elle?

FLANARD.

Dans le Moniteur.

GOBIN.

Est-ce dans la partie officielle?

FLANARD.

Non, mais elle n'en est pas moins sûre ; elle annonce que le bateau à vapeur, parti de Londres le 17 de ce mois, est passé à Rouen, il y a deux jours, et qu'il arrivera sans faute aujourd'hui à Paris, à moins que quelque accident ou quelque obstacle ne retarde son voyage.

GOBIN.

Qu'est-ce que c'est que le bateau à vapeur?

FLANARD.

Comment, M. Gobin, vous n'avez point entendu parler du paquebot l'*Elise*?

GOBIN.

Pardonnez-moi ; mais je ne conçois pas comment la vapeur....

FLANARD.

Oh! c'est une invention nouvelle ça, qui parut pour la première fois il y a près de deux cents ans, et à laquelle nous devons, je crois, les pompes à feu, les mongolfières et le café sans ébulition.

GOBIN.

Vous croyez?

FLANARD.

Personne ne peut vous donner là-dessus une meilleure définition que moi ; comme ancien médecin, j'ai longtemps étudié les vapeurs. Et parbleu, tenez,

il n'y a pas de femme ici, je vais vous expliquer
cela.

TOUS.

Écoutons ! écoutons !

FLANARD, *avec importance.*

La vapeur, voyez-vous, n'est autre chose que l'ex-
halaison d'un fluide condencé par l'action du feu, et
qui, réuni en masse par le moyen d'un récipient, produit cette force attractive et répulsive, qui, en se com-
battant dans un tube hermétiquement fermé, excite,
une espèce de rotation.... Vous comprenez?

TOUS.

A merveille !

FLANARD.

Voilà, sauf meilleur avis, la définition la plu claire
qu'on puisse donner d'un bateau à vapeur.

GOBIN.

Comment, cela n'est pas plus malin?

FLANARD.

Pas davantage! vous allez en voir l'effet : figurez-
vous que je suis le bateau.

AIR : *Il faut que l'on file.*

On rempli une chaudière
Sur un immense fourneau,
On y met une lumière,
Et le feu fait bouillir l'eau.
Quand la vapeur s'accumule,
Le navire ainsi recule,

(*Flanard recule jusqu'au poële.*)

Et tandis que l'onde fuit,
Le feu brûle, brûle, brûle, brûle,

TOUS.

Le feu brûle votre habit. (*On rit.*)

SCÈNE II.

LES MEMES, ARMAND.

ARMAND.

Ah ! ah ! il paraît qu'on est en gaîté ici ?

LAURENT.

C'est vous, M. Armand; que faut-il vous servir?

(8)

ARMAND.

Rien.

LAURENT.

En ce cas, je ne vous conseille pas de rester ici à cause de Monsieur votre oncle.

ARMAND.

Ce n'est pas pour lui que j'y viens. Où est ma cousine Elise ?

LAURENT.

Elle s'habille, Monsieur, pour descendre au comptoir.

ARMAND.

Eh! mon dieu, qu'a-t-elle donc besoin de toilette ?

LAURENT.

Comment, Monsieur, ignorez-vous qu'une jolie femme, de la toilette, et de gros morceaux de sucre, voilà ce qui fait aujourd'hui la fortune d'un café.

AIR : *J'ai vu le Parnasse des Dames.*

Cette mode est partout suivie,
Et dans nos maisons, à présent,
Lorsque la maîtresse est jolie,
Le chaland n'est pas exigeant.
Au public, de cette manière,
Quoiqu'on serve du réchauffé,
Il goûte la limonadière,
Et ne goûte pas le café.

ARMAND.

Ecoute, Laurent, il faut que tu avertisses Elise que je désire lui parler.

LAURENT.

Impossible, Monsieur ; si votre oncle, qui ignore encore que vous êtes à Paris, se doutait seulement des petits tête-à-tête que je vous procure depuis quelques jours, je serais chassé.

ARMAND.

Tant mieux, je te prendrai à mon service.

LAURENT.

Oui, jolie condition ! au service d'un peintre.... Dailleurs, mademoiselle va descendre.

ARMAND.

Mais renvoie au moins ces importuns.

LAURENT.

Y pensez-vous, Monsieur, ce sont des habitués.

ARMAND.

Ils ne prennent rien.

LAURENT.

C'est vrai, mais ils ne vont jamais ailleurs. Tenez, ce gros que vous voyez-là, à gauche, par exemple, il est toujours ici, et il ne se passe pas de semaine qu'il ne prenne au moins une ou deux fois du café. Cet autre maigre et fluet, c'est un gros mangeur, on ne s'en douterait pas; eh bien, c'est une de nos meilleures pratiques pour les verres d'eau et les cure-dents.

ARMAND.

Attends, attends, je vais moi-même...

LAURENT.

Arrêtez, Monsieur, et la dépense ?

ARMAND.

Je paierai tout.

LAURENT.

Et mes profits ?

ARMAND.

Je les double.

LAURENT.

Oh ! je ne résiste plus.... Vous allez voir.

ARMAND, *à part.*

O mon Elise, si le projet que j'ai conçu réussit, je ne doute point que nous ne soyons unis dès aujourd'hui.

LAURENT, *criant et revenant du fond.*

Ah ! mon Dieu, mon Dieu, quel événement !

TOUS.

Un événement ! Quel est-il ?

LAURENT.

Le bateau à vapeur....

TOUS.

Eh bien, nous l'attendons.

LAURENT.

Il vient de s'engraver auprès du pont des Invalides.

FLANARD.

Est-il possible !

BOURRU.

Je l'aurais parié.

GOBIN.

Cela doit être curieux à voir.

AIR : *Vaud. de la Belle au bois dormant.*
Courons, courons vite,
Rendons-nous de suite
A cet endroit-là.
Si l'on se fiait aux gazettes,
On croirait que ce bateau va
Sur des roulettes.

FEUILLET *à Laurent.*
Garçon, je n'ai qu'un verre d'eau.
GOBIN.
Moi, j'ai perdu le curaçao,
Que depuis hier tu me disputes ;
BOURRU.
Je paie aujourd'hui deux écots,
Monsieur m'a tout mis sur le dos.

FLANARD.
Et moi, je n'ai que deux flûtes.
TOUS.
Courons, courons vite, etc.

SCÈNE III.

ARMAND, LAURENT.

ARMAND.

Les bonnes dupes ! il n'en est pas resté un seul.
LAURENT.

J'espère, Monsieur, que vous êtes content de moi.

ARMAND.
Ah ! mon ami, que ne te dois-je pas ?
LAURENT.

Oui, Monsieur, vous me devez beaucoup.... Voilà mademoiselle Élise.

ARMAND.
C'est bon, laisse-nous.

SCÈNE IV.

ARMAND, ÉLISE.

ARMAND.

Ma chère cousine, combien je suis aise de vous revoir.

(11)

ELISE.

Eh quoi! Armand, vous ne craignez point que mon père vous surprenne ici?

ARMAND.

Il doit cesser de s'opposer à notre union.

ELISE.

Comment cela?

ARMAND.

Vous savez bien que c'est aujourd'hui qu'expire le délai fixé pour votre mariage par le testament de notre oncle Dumont.

ELISE.

Je le sais. Aussi mon père assure que son neveu Moufflet, cet imbécille qu'il me destine pour époux, arrive aujourd'hui même de la Normandie.

ARMAND.

Je n'en crois rien. A mon départ de Rouen j'ai mis à ses trousses un certain Lafleur, qui m'a bien promis de lui ôter les moyens de venir à Paris.

ELISE, *riant.*

Voilà donc pourquoi depuis trois jours qu'il devrait être ici, mon père n'a pas seulement reçu de ses nouvelles.

ARMAND.

Lafleur est adroit, et j'espère que le retard de mon rival obligera votre père à consentir à mon bonheur, puisque par une clause du testament de mon oncle Dumont, l'héritage serait partagé entre Moufflet et moi, si l'année s'était écoulée sans que vous eussiez fait un choix.

ELISE.

Ah! mon ami, puissiez-vous réussir!

AIR : *De la robe et les bottes.*

Malgré nos sermens, votre absence
Trop long-temps m'a fait soupirer;
Aujourd'hui, sur votre constance,
L'hymen peut seul me rassurer.
Oui, mon ami, ma destinée
S'embellira de jour en jour,
Si le flambeau de l'hyménée
Brûle les ailes de l'amour.

ARMAND.

Oui, mon Elise, ma vie entière sera désormais employée à faire votre bonheur.

ELISE.

Je ne suis pas aussi tranquille que vous.

ARMAND.

Que pouvons-nous craindre ? Outre une grande fortune, ce jour doit encore nous assurer, à vous, un époux tendre et soumis, et à moi, une femme jeune, aimable et fidèle.

ELISE.

En êtes-vous bien sûr ?

DUO.

AIR : *Quoi, nous aurons cet héritage. (Amour et Mystère).*

Quoi, nous aurons cet héritage ?....

ARMAND.

Oui, vraiment, j'ai compté sur lui.

ELISE.

Et tous les deux en mariage
Nous serons unis aujourd'hui ?

ARMAND.

Nous aurons dans notre ménage....

ELISE.

Qu'aurons nous dans notre ménage ?

ARMAND.

Des amis, de petits enfans,
Qui quelque jour deviendront grands.

ELISE.

Mon ami, tu bats la campagne.

ARMAND.

Non, ton père me choisira,
Et dès ce soir nous unira.

ELISE.

Tu fais des châteaux en Espagne.

ARMAND.

Avant que de nous épouser,
Au tendre amour qui m'engage,
Daigne accorder un baiser
A valoir sur l'héritage.

ELISE.

Quoi, tu veux ?...

ARMAND.

Pas davantage.

ELISE.

Je n'ose te refuser.

ARMAND.

Refuse-t-on un baiser
A valoir sur l'héritage.

(*Il l'embrasse*).

J'ai des arrhes vraiment.

ELISE.

Que dit-il, quel délire ?

ARMAND.

Ton père maintenant
Ne peut plus se dédire.

ELISE.

ENSEMBLE.

Redoute des transports si beaux,
Mon ami, tu bats la campagne,
Et je crains bien que tes châteaux
Ne soient des châteaux en Espagne.

ARMAND.

Partage des transports si beaux,
Je ne bats jamais la campagne,
Et tu verras que mes châteaux
Ne sont point bâtis en Espagne.

(*Il l'embrasse une seconde fois.*)

ELISE, *se retournant.*

Ciel, mon père !... Il nous a vus !

ARMAND.

C'est le moment de me déclarer.

SCÈNE V.

LES PRECEDENS, CARAFON.

CARAFON.

AIR : *De la légère.*

Quelle audace ! (*bis*)
Quoi, ma fille, on vous embrasse !
Quel audace ! (*bis*)
Ah ! grand Dieu, l'ai-je bien vu !
Ce crime à votre vertu
Fera tort, mademoiselle.

ARMAND.

Une fille ne peut-elle
Embrasser son prétendu.

CARAFON.

Armand !

Quelle audace ! etc.

ARMAND et ELISE.

Faites grâce,
C'est { son cousin qui l' / mon cousin qui m' } embrasse,
Faites grâce,
Ce n'est point un inconnu.

CARAFON.

Ah ! ah ! vous voilà donc, Monsieur ! Je me dou-
tais bien que vous viendriez à Paris.

(14)

ARMAND.

J'y suis depuis trois jours, mon oncle.

CARAFON.

Je vous sais gré de ne m'avoir point rendu visite.

ARMAND.

Je suis venu voir ma cousine.

ELISE.

Oui, mon père, il est venu tous les jours.

CARAFON.

Comment, ma fille, vous avez reçu ce mauvais sujet?

ELISE.

Mais, mon père, ce n'est point un mauvais sujet; c'est mon cousin.

CARAFON.

Et quel est, monsieur, le motif de votre voyage; quelque étourderie sans doute?

ARMAND.

Non, mon oncle, je suis venu pour le mariage de ma cousine.

CARAFON.

Comment, vous avez le projet d'assister au triomphe de votre rival?

ARMAND.

Que parlez-vous de rival, Elise n'aime que moi.

ELISE.

Ah! ça, c'est bien vrai.

CARAFON.

Air : *Dans cette maison à quinze ans:*

Moufflet obtiendra son amour.

ELISE.

Il paraît m'avoir oubliée.

ARMAND.

Pourtant avant la fin du jour
Il faut qu'elle soit mariée.

CARAFON.

Je veux pour elle un bon mari.

ARMAND.

Je vaux mieux que Moufflet, je pense.

ELISE.

Je n'aimerais jamais que lui,
Ah! mon père, il est seul ici....

ARMAND.

Accordez-moi la préférence.

CARAFON.

Qu'est-ce à dire? me croyez-vous capable de faire

une pareille folie ? Non, sans doute. Moufflet convient beaucoup mieux à ma fille.

ELISE.

Ah ! mon père, je vous demande bien pardon, il
ne me convient pas du tout.

CARAFON.

Taisez-vous, Mademoiselle.... Sa dot serait en
bonnes mains !

ARMAND.

Eh ! qui vous parle de dot ! elle seule suffit à mon
bonheur.

CARAFON.

Un étourdi qui méprise la fortune.

ARMAND.

Au contraire, mon oncle, je ne demande qu'à en
jouir.

CARAFON.

Oui, pour la prodiguer ; pour vous ruiner, comme
on dit que vous avez déjà fait.

ARMAND.

Pouvez-vous le croire ? Les gens qui parlent mal
de moi sont sans doute payés...

CARAFON.

Non, Monsieur, ils ne sont pas payés. Ce sont vos
créanciers.

ARMAND.

Ne dirait-on pas que j'en ai un régiment.

CARAFON.

Vous en avez assez.

AIR : *Fidèle époux, franc militaire.*

On blâme partout votre conduite.

ARMAND,

Mon oncle l'amour me rangera.

CARAFON.

Votre fortune, hélas ! est petite.

ARMAND.

L'hymen, j'espère, m'enrichira.

CARAFON.

Que ferez-vous avec vos palettes ?

ARMAND.

De gloire l'artiste se nourrit.

CARAFON.

Monsieur, vous-êtes criblé de dettes.

ARMAND.

Cela prouve que j'ai du crédit.

CARAFON.

Au surplus, j'ai donné ma parole, et ma fille
épousera Moufflet.

ARMAND.

Voulez-vous faire son malheur.

CARAFON.

Non, sans doute, puisque je vous la refuse.

ARMAND.

Nous nous aimons pour la vie.

CARAFON.

Propos d'amoureux.

ARMAND.

Détrompez-vous, mon oncle.

AIR : *Le luth galant (Vaudeville en Vendanges).*

Au tendre objet de mes premiers amours
J'ai fait serment de consacrer mes jours ;
A regret je résiste à l'oncle que j'honore ;
Mais, malgré vos refus, je dois l'aimer encore,
Je dois l'aimer tomjours.

CARAFON.

Je saurai bien mettre ordre à cela, et pour commencer, M. le tourtereau, vous allez me faire le
plaisir d'aller roucouler ailleurs que chez moi.

ARMAND.

Comment, mon oncle, vous êtes insensible !

CARAFON.

Oui, Monsieur, je suis insensible, et je vous dé-
fends de remettre les pieds ici.

ARMAND.

Mais c'est une barbarie !

CARAFON.

C'est comme cela. Vous m'avez entendu ; voulez-
vous bien sortir.

ARMAND.

Je ne sortirai pas.

CARAFON..

Comment, vous ne sortirez pas ; ceci est un peu
fort.

ARMAND, *s'asseyant.*

Non, je ne sortirai pas. Garçon...

CARAFON.

C'est différent. (*à Elise.*) Mademoiselle, re-
montez à votre chambre.

ELISE.

Mais, mon père, vous m'avez toujours dit que
lorsqu'il y avait du monde au café, je devais rester
au comptoir.

CARAFON.

Allez toujours; ce vaurien n'est pas du monde.
(*A Armand.*) A nous deux maintenant. Vous avez
peut-être cru, Monsieur, que je vous servirais de
père ?

ARMAND.

Un verre d'eau-de-vie.

(*Elise est sortie.*)

SCÈNE VI.

CARAFON, ARMAND, *ensuite* LAURENT.

CARAFON.

· Je ne vous en servirai certainement pas. (*Il verse.*)
Donnez donc votre fille à un pareil étourdi !

ARMAND, *toujours sans l'écouter.*

Une flûte.

CARAFON.

Non, Monsieur, je ne vous la donnerai pas. (*Il
la lui apporte.*) Je me doute que vous êtes pour
quelque chose dans le retard de Moufflet.

ARMAND, *lui donnant de l'argent.*

Cela fait-il votre compte ?

CARAFON.

Mais je cours à la diligence.... Laurent ?

ARMAND, *à part.*

O ciel! il va tout savoir.

CARAFON.

Et si vous vous êtes joué de moi.... (*Laurent paraît. Lui remettant l'écu d'Armand*), Rendez à

Le Bateau. 2

Monsieur la monnaie de sa pièce. Je sais ce qui me reste à faire. Il n'y a que six sous à prendre.... (*A Armand*). Vous me païerez cela.... Adieu, Monsieur.

SCÈNE VII.

ARMAND et LAURENT.

ARMAND, *se parlant à lui-même.*

Comme il me traite! oncle cruel ; parce que tu es plus riche que moi, tu crois sans doute que je convoite ta fortune!

LAURENT, *au comptoir.*

Monsieur, voulez-vous des pièces blanches ?

ARMAND, *de même.*

Que me fait à moi un peu d'argent...

LAURENT.

Voilà votre monnaie.

ARMAND, *de même.*

Je n'en veux pas.

LAURENT.

Que ditet-vous ?

ARMAND, *de même.*

Tu peux tout garder.

LAURENT.

Bien obligé. Aussi bien, vous me deviez ça.

ARMAND, *de même.*

Elise est un trésor...

LAURENT.

C'est vrai.

ARMAND, *de même.*

Et sa possession me suffit.

LAURENT.

Allons, voilà qui est arrangé.

SCÈNE VIII.

LES PRECEDENS, LAFLEUR.

ARMAND, *se retournant.*

Que vois-je? Lafleur.

LAFLEUR.

Moi-même, Monsieur; je suis au désespoir.

ARMAND.

Pourquoi donc?

LAFLEUR.

Tout est perdu, il est arrivé.

ARMAND.

Qui?

LAFLEUR.

Cet infernal de bateau à vapeur.

LAURENT, *à part.*

Il paraît qu'il n'est plus engravé.

ARMAND.

Eh ! que me fait à moi le bateau à vapeur ?

LAFLEUR.—

Le bateau ne vous fait rien, Monsieur; mais il vient d'amener à Paris cet imbécille de Moufflet.

ARMAND.

Comment, coquin, tu n'as pas pu parvenir à empê-cher ce voyage ?... Il me prend envie de te couper les oreilles.

LAFLEUR.

Lachez-moi donc, Monsieur; si vous me coupez ainsi la respiration, il me sera impossible de vous instruire des autres dangers qui vous menacent.

ARMAND.

Hé! que puis-je craindre de plus que l'arrivée de Moufflet?

LAFLEUR.

Ce que vous pouvez craindre, monsieur.

AIR :

Si j'en crois vôtre destinée,
Par un plan trop bien concerté,
Vous perdrez dans cette journée
Votre maîtresse et vôtre liberté.
Pour vous cette atteinte est cruelle,
Car il est dur, quand on ne peut payer,
D'être à la fois dans les fers d'une belle,
Et prisonnier d'un créancier.

ARMAND.

Allons donc ! qu'est-ce que tu viens encore me chanter ?

LAFLEUR.

Ah ! Monsieur, ce ne sont point là des chansons ; vous vous rappelez bien cet huissier noir et maussade qui vous rendait si souvent visite à Rouen, et que vous n'avez jamais voulu recevoir.

ARMAND.

Durfort?

LAFLEUR.

Lui-même.... Je ne sais quel démon lui a soufflé le projet de venir à Paris vous forcer au paiement d'une certaine lettre de change de 3000 francs ; mais je l'ai vu monter hier en diligence.

ARMAND.

Ah ! ah ! il sera bien fin s'il me découvre ici.

LAFLEUR, *attendri*.

Ne vous y fiez pas, Monsieur, il ne faut qu'un hasard malheureux pour me séparer d'un maître tendrement chéri.

ARMAND.

Oui, maraud, je te conseille de jouer la sensibilité ; voilà de jolies nouvelles que tu m'apprends !

LAFLEUR.

Ma foi, j'ai fait de mon mieux.

ARMAND.

Coquin, s'il eût fallu m'escroquer quelque argent, tu aurais montré plus d'adresse.

LAFLEUR.

Ecoutez donc, Monsieur, ce n'est plus que comme cela que je parviens à me faire payer mes gages.

ARMAND.

Se laisser vaincre par un imbécille.

LAFLEUR.

J'en suis tout aussi étonné que vous.

AIR: *Le briquet frappe la pierre.*

J'ai fait verser des voitures,
J'ai fait gonfler des torrens ;
De voleurs, de revenans,
J'ai créé cent aventures ;
Protecteur né des amans
J'ai fait vingt enlèvemens,

Et conduit trente romans :
Mais quelle tache à ma gloire,
L'espoir du succès a fui ;
Sur la rivière aujourd'hui
J'éprouve un cruel déboire ;
Contre moi j'avais, morbleu,
L'eau, l'air, la terre et le feu.

ARMAND.

Et c'est contre un bateau à vapeur que toute ton industrie est venue échouer.

LAFLEUR.

Depuis huit jours j'étais parvenu par divers stratagèmes à empêcher votre rival de se rendre à Paris ; il avait manqué successivement les diligences, les pataches et les masettes, lorsque ce maudit bateau est passé à Rouen ; Moufflet était en ce moment sur le port, il y retient une place, et je suis réduit à l'accompagner, en enrageant doublement de voir que ce bateau allait un train de poste, et que l'arrivée de votre rival, en détruisant vos espérances, doit ajourner la petite gratification que vous m'avez promise. (*On entend des éclats de rire dans la coulisse.*)

ARMAND.

Quel est ce bruit ?

LAFLEUR , *regardant.*

C'est notre homme qui est poursuivi par une foule de curieux, que la singularité de son costume a mis en gaîté.

ARMAND.

Reste ici ; il est essentiel qu'il ne nous voie pas ensemble. Je vais m'informer de Durfort, et tâcher que mon oncle n'ait point connaissance de cette dette, qui l'aigrirait encore contre moi.

LAFLEUR.

Mais, Monsieur, que voulez-vous que je fasse tout seul dans ce café ?

ARMAND.

Parbleu ! te voilà bien embarrassé : bois, mange et observe. (*Il sort.*)

SCÈNE IX.

LES PRECEDENS, *excepté* **ARMAND, MOUFFLET,**
suivi de curieux : il a les pans de son habit déchirés.

CHŒUR.

AIR : *Ah ! le bel oiseau , maman.*

Ah ! quel drôle d'vêtement !
Cette mode
Est fort commode ;
Il n'craint plus en ce moment
De crotter son habillement.

MOUFFLET.

A quoi bon cette clameur ?
M'croirait-on de la bazoche ;
Ai-je l'air d'un procureur ?
Un homme qui n'a pas d'poche.

CHŒUR.

Ah ! le drôle d'vêtement ! etc.

MOUFFLET.

Ah ! ça , est-ce que vous m'accompagnerez comme ça partout où j'irai ? ça serait bien amusant. Si c'est l'accueil que vous faites aux nouveaux débarqués , c'n'est pas trop la peine de prendre ie coche pour venir ici. Vous ne connaissez donc pas les lois de l'hospitalité ? dites , les connaissez-vous ?... (*A La-fleur.*) Ah ! vous voilà , mon cher ami ! depuis que vous m'avez quitté il ne m'est arrivé que des malheurs.

AIR : *Haïss' les femmes.*

Un tel vaisseau n' s'est jamais vu,
Sa chaleur vous surprit sans doute ;
Pour moi j'crois bien que je n's'rai pas cru ;
Car je grillais tout l' long d'la route.
D'abord son mât est un tuyau ,
Sa voile est une flamme ,
Son gouvernail est un fourneau ,
Un souflet sert de rame ;
C'est bien la dernièr' fois , morbleu ,
Que j'navigue d'cette manière ;
Si l'on n'y prend garde , avant peu ,
Ils mettront l'feu
A la rivière.

LAFLEUR.

C'est votre faute ; vous savez que j'avais été assez

heureax pour vous retenir une place dans la diligence de Rouen.

MOUFFLET.

C'est vrai; mais, je ne sais par quelle fatalité, je
ne suis arrivé au bureau que le lendemain du jour où
elle était partie.

LAFLEUR.

J'en conviens; mais j'ai bien vite réparé ce malheur, en louant cette chaise de poste qui devait nous
mener si vite.

MOUFFLET.

C'est encore vrai! mais quand nous avons voulu
nous en servir, il s'est trouvé qu'il y manquait une
roue et un brancard.

LAFLEUR.

Enfin, vous êtes arrivé....

MOUFFLET, *lui prenant la main.*

Grâce à vous, mon ami.

LAFLEUR.

Tiens! qu'avez-vous donc fait des pans de votre
habit?

MOUFFLET.

Ne m'en parlez pas, c'est un accident qui m'est
arrivé dans ce maudit bateau.

AIR : *De la chasse du Roi et le Fermier.*

Assis tranquillement
Sur un tas d' cordages servant
De banc,
Jugez de mon effroi
Quand j' voi'
Qu' sous moi
L'maudit goudron
Se fond.
Soudain j' fais un effort,
Et, dans mon transport,
Me croyant sur l'port,
Je saut', mais sur l' tillac,
Crac,
Je laiss' les pans de mon frac.

LAFLEUR.

Voilà votre future.

SCÈNE X.

LES PRECEDENS, ÉLISE.

MOUFFLET.

Vous allez voir comme je vais lui parler. Excusez-moi, belle cousine, si je viens vous faire la cour en veste ; le surplus de mon habit est resté dans le bateau qui m'a amené , et je n'ai pas voulu changer avant de vous avoir assuré de la constance de mon amour.

ELISE.

Au point où nous en sommes, mon consin, il ne faut pas vous gêner ; je sens déjà que je ne vous aimerais pas plus en toilette qu'en négligé.

MOUFFLET, *à Lafleur.*

Dites donc , est-ce un compliment qu'elle me fait-là ?

LAFLEUR.

Probablement.

MOUFFLET.

Vous faites bien de me le dire. Adorable cousine, vous n'savez pas encore tout ce que je vaux ; mais il faut espérer que nous ferons connaissance après notre mariage, et un jour vous serez la femme la plus heureuse du département de la Seine-Inférieure.

AIR : *De la romance de Joseph.*

Si je dompte votre âme fière,
Je veux embrasser votre état,
Et régaler ma ménagère
D'glaces, d'liqueurs et d'chocolat.
Si le punch vous est agréable,
Le rack n'y s'ra point oublié,
Et l'on m'verra souvent à table
Prendre un quart avec ma moitié.

ELISE.

Mon cousin, vous parlez comme si j'étais déjà votre femme.

MOUFFLET.

Est-ce que ce n'est pas pour ce soir ?

ELISE.

Rien n'est encore décidé. (*A part*). Tâchons de l'effrayer.

AIR : *Il me faudra quitter l'empire.*

Ne jugez point de ma personne
Sur les rapports qu'on vous a faits;
Quoiqu'on dise que je suis bonne,
J'ai le caractère mauvais ;
Je suis maussade, et boudeuse, et colère;
Pour un époux je serais sans pitié;
Vous voyez bien que je suis trop entière
Pour devenir votre moitié.

MOUFFLET.

Pardine, ma cousine, voilà de jolies choses que j'apprends ; d'après la confidence que vous venez de me faire, il paraît que je ne serai qu'un zéro dans la maison ; mais c'est égal, mon oncle le veut, je m'dévoue.

ELISE.

Comment, vous persistez à m'épouser ?

MOUFFLET.

AIR : *Vive le vin de Ramponneau.*

Plein d'amour,
Dans cet heureux jour,
J'espère
Qu' votre père
Vous fera, par un bon
Sermon,
Accepter mon cœur et mon nom.

ELISE.

Non.

MOUFFLET.

Je veux
Pour vous séduir' mieux,
Pour enchanter vos yeux,
Faire un p'tit bout de toilette.
Il me faut vot' main,
Dussé-je avoir demain
De l'hymen
Par dessus la tête.

(*Il reprend et sort*)

SCÈNE XI.

LES PRECEDENS, EXCEPTÉ MOUFFLET.

ELISE.

Dieu me préserve de devenir la femme de ce ridi-cule personnage !

LAFLEUR.

Rassurez-vous, Mademoiselle, je vous en débar-rasserai.

ELISE, *étonnée.*

Vous, Monsieur ?

LAFLEUR.

Je suis le valet d'Armand.

ELISE.

Ah ! que d'obligations je vous aurai !

LAFLEUR.

Silence ! j'aperçois votre père.... Miséricorde ! il est avec notre créancier !

SCENE XII.

LES PRECEDENS, CARAFON, DURFORT.

CARAFON.

Parbleu, M. Durfort, je ne suis pas du tout fâ-ché de vous avoir rencontré. Etes-vous bien sûr que ce vaurien d'Armand vous doive mille écus ?

DURFORT.

Comment, Monsieur, si j'en suis sûr ? En bonne lettres de change protestées, et pour lesquelles j'ai obtenu sentence exécutoire.

CARAFON.

C'est une horreur ! je n'ai pas dépensé la moitié de cette somme dans toute ma jeunesse.

LAFLEUR, *à part.*

Je crois que le beau père s'informe de l'état de nos dettes.

CARAFON, *à Elise.*

Ah ! ah ! Mademoiselle, vous voilà descendue ?

ÉLISE.

Je suis venue tenir compagnie à M. Moufflet.

CARAFON.

Il est donc enfin arrivé ? Dieu soit loué.... je commençais à craindre.... Mais il est urgent d'éloigner Armand, au moins jusqu'à ce que le mariage soit conclu. Hé ! mais, cet homme peut m'en fournir les moyens.

DURFORT.

Monsieur, prenez-y garde, si votre neveu ne paye pas ses dettes, cela peut vous faire beaucoup de tort, parce que les mœurs, la probité, l'honneur....

CARAFON.

Tout cela m'est étranger ; les dettes de mon neveu ne me regardent pas. Au surplus, voulez-vous être payé ?

DURFORT.

Comment donc, Monsieur ; je ne suis venu à Paris que pour cela.

CARAFON.

Eh bien, attendez....

DURFORT.

Comment, attendez ?

CARAFON, *montrant Lafleur.*

Oui, cet homme a l'air de nous écouter. (*S'approchant.*) Monsieur désire-t-il quelque chose ?

LAFLEUR, *s'asseyant.*

Oui, oui, Monsieur, un couvert.

CARAFON.

Garçon, servez Monsieur. (*à Durfort.*) Ne m'avez-vous pas dit que vous aviez une prise de corps contre Armand ?

LAFLEUR, *à part.*

Je crois qu'on parle de nous ; écoutons.

DURFORT.

Oui, Monsieur, et j'ai fait hier le dernier commandement.

CARAFON.

Il faut la mettre à exécution.

DURFORT.

C'est bien mon intention.

CARAFON.

Je vous donne carte blanche.

DURFORT.

Vous êtes bien bon ; mais je n'ai pas l'habitude de demander permission aux oncles quand je veux arrêter les neveux.

CARAFON.

Vous ne m'entendez pas ; je veux dire que je paierai les frais, et que je réponds du capital.

LAFLEUR, *à part.*

Oh ! le traître d'oncle !

DURFORT.

A la bonne heure, Monsieur ; remettez-moi un petit bout de garantie, et je vous réponds qu'avant une heure notre homme sera coffré.

CARAFON.

J'y consens ; mais à condition que vous ne lui direz jamais ce que j'ai fait pour lui.

DURFORT.

J'entends, Monsieur veut éviter sa reconnaissance.

CARAFON.

Et que sous aucun prétexte vous ne le relâcherez avant vingt-quatre heures.

DURFORT.

Je vous le promets : s'il est raisonnable, il ne s'apercevra presque point de sa détention. Je retourne à Rouen aujourd'hui, et si je puis le décider à m'accompagner, je ne l'écrouerai point à Sainte-Pélagie.

CARAFON.

J'aime assez cet arrangement.

DURFORT.

Il y consentira ; car, voyez-vous, les gens de notre pays se font une gloire de n'être arrêtés que dans leur province. Il n'y a plus qu'une petite difficulté, c'est que je ne connais pas notre débiteur.

CARAFON.

Vous le trouverez ici dans un instant ; je vais vous donner son signalement.

LAFLEUR, *à part.*

Le bourreau ! il veut lui-même nous livrer !

CARAFON.

Élise, donnez-moi une plume et du papier.

LAFLEUR, *à part.*

Quel trait de lumière! j'ai heureusement une écritoire. (*Il écrit sur sa table.*) Écrivons...

CARAFON.

Ma fille, quel âge peut avoir Armand?

ÉLISE.

Mon père, il m'a dit qu'il était en âge de se marier.

CARAFON.

Ce n'est pas ça que je vous demande.

AIR : *Traitant l'amour sans pitié.*

Il est âgé de vingt ans.
Sa figure?

ELISE.

Très-jolie.

CARAFON.

Mettons figure arrondie.
Ses yeux?

ELISE.

Noirs, vifs et perçans.

CARAFON.

Nez?

ELISE.

Bien fait.

CARAFON.

Bouche?

ELISE.

Agréable,

CARAFON.

La tournure?

ELISE.

Très-aimable.

CARAFON.

Une démarche?

ELISE.

Admirable;
L'air tout-à-fait martial;
C'est là son portrait, mon père.

CARAFON, *à part.*

Bon, cet huisier va, j'espère,
Attrapper l'original.

LAFLEUR, *cachant le papier qu'il tient, s'approche de Carafon et saisit celui qu'il présente à Durfort.*

Est-ce là ma carte payante?

CARAFON.

Eh! non, Monsieur, c'est un papier....

LAFLEUR, *changeant adroitement le papier de Cara-*
fon , lui remet celui qu'il a écrit.

Ah ! pardon.

CARAFON.

Il n'y a pas de quoi. Elise, Monsieur demande sa
carte.

LAFLEUR.

Un instant : garçon ? du café, de la liqueur, du
punch. *(à part.)* C'est l'oncle qui régale.

CARAFON, *à Durfort.*

Vous, partez ; avec cela vous ne le manquerez pas...

DURFORT.

Vous pouvez y compter, je vais chercher mes
gens. *(Il sort.)*

SCÈNE XIII.

LES PRECEDENS, EXCEPTÉ DURFORT, MOUF-
FLET *paré.*

MOUFFLET.

Où est-il ? où est-il ? ce cher oncle que je l'embrasse.

CARAFON.

Ah ! vous voilà, Monsieur Moufflet.

MOUFFLET.

J'espère, mon oncle, que vous êtes flatté d'avoir
un neveu tourné comme moi.

ELISE, *à part.*

Est-il nigaud.

CARAFON.

Ma chère Elise, tu vois en lui ton époux.

MOUFFLET.

Et vous lisez sur mon front que je serai un excellent mari.

ELISE.

Mais, mon père....

CARAFON.

Il n'y a pas de père ici. Vous l'épouserez, mademoiselle, où vous direz pourquoi.

ELISE.

C'est facile à dire.

CARAFON.

Silence !

MOUFFLET.

C'est parler ça , mon oncle. Il faut l'amadouér. Mademoiselle , si je n'ai pas pu amollir votre cœur , au moins je dois compter....

ELISE.

Vous comptez sans votre hôte , Monsieur , il m'est impossible de vous aimer.

CARAFON.

Il n'est pas question de l'aimer , vous l'épouserez, vous dis-je ; et dès ce pas, je vais chercher mon notaire.

ELISE, *à part.*

Ah ! mon dieu, que je suis malheureuse !

CARAFON.

Mon neveu, dès ce moment, vous pouvez vous regarder comme mon fils.

MOUFFLET.

Moi , le fils de mon oncle ! ô entrailles filiales ! entr'ouvrez-vous, et pressez dans vos bras celui qui...

CARAFON.

Doucement donc , vous m'étouffez.

MOUFFLET.

Pardonnez-moi, mon oncle, j'veux vous aimer jusqu'à la mort.

CARAFON.

Je vous remercie de ces sentimens. Ah ! ça, je sors et je vous recommande de surveiller le café, et surtout ma fille.

MOUFFLET.

Soyez tranquille, j'aurai l'œil sur la cafetière.

CARAFON.

Air : *Marianne.*

En contractant cette alliance ,
Tu peux t'en rapporter à moi ,
Ma fille, j'en ai l'espérance,
Un jour sera folle de toi.
Ce jour viendra ,
Attens cela ,
Et tu verras qu'elle t'adorera.
Dans ce lien,
Va , ne crains rien,

Des gens de bien
L'espoir est le soutien,

(Il sort)

MOUFFLET.

Mon oncle, avec cette assurance
J'crois qu'j'aurais tort de me bercer ;
On n'voit pas souvent engraisser
Ceux qui viv'nt d'espérance.

SCÈNE XIV.

LES PRECEDENS, EXCEPTÉ CARAFON.

MOUFFLET.

Le voilà parti !... C'est-il heureux! c'est-il heureux !
Ingrate cousine, vous ne remarquez pas que depuis
que je suis debarqué tout me rit.

LAFLEUR , *à part.*

Rira bien qui rira le dernier.

MOUFFLET.

J'commence à m'aclimater à Paris ; aussi, dès
que je serai marié je ferai joliment des courses.

LAFLEUR.

Soyez tranquille, votre femme vous enverra souvent promener.

MOUFFLET.

C'est tout ce que je demande.

AIR : *De la Trénitz.*

Ici je veux
Visiter les lieux
Curieux,
Les charlatans
Les nouveaux établissemens ;
J'irai voir les sauteurs,
Et les restaurateurs ,
Et le ballet
Où s' trémousse ee fier Hamlet.
A deux heures précises
J'irai voir les assises ;
J'irai voir les sottises
Qu'on débit' sur chaqu' pont ;
J'irai voir des prom'nades,
J'irai voir des parades ,
J'irai voir des malades,
J'irai voir l'Odéon.
Bravant les soucis
Et les ennuis,
J'irai de suite

Voir l'âne savant,
Et les artistes en plein vent.
Mais si l' ciel soudain,
Devient serein,
Changeant d'conduite,
J'irai sans délais
Au panorama de Calais.
Après dîner
J'irai me promener
Fort tard
Au boulevard;
J'entendrai deux sujets
Parfaits :
La, chaque soir,
Le public plein d'espoir,
Applaudit aux efforts
De Bobêche et consorts.
Moi qu' la nouveauté pique,
Près du Cirque Olympique,
D' l'Ind' j'irai voir la clique ;
Cela doit être beau :
La tête enveloppée
Ainsi qu'une poupée,
L'un avale une épée
Comme on boit un verr' d'eau.
Chez Comte un d'ces jours,
Pour voir ses tours,
J'irai j'espère,
Et chez Robertson,
De physique prendre un' leçon.
Demain
L'ours Martin
Aura ma visite première.
Je verrai les bains,
Les Franconis et les serins.
Ici bornant
Cet itinéraire charmant,
J'ajouterai
Deux voyages que je ferai,
Dût ce désir
Me devenir
Fatal,
J'veux du Palais-Royal
Aller tout droit à l'hôpital.

LAFLEUR, *à part.*

Ah! diable! j'aperçois des alguasils qui rôdent autour de cette maison : si mon maître allait revenir !

MOUFFLET.

Mademoiselle, vous voyez que j'ai déjà fait des réflexions sur notre établissement... *(Silence.)* Etes-vous muette? *(A part.)* J'aurai du bon temps avec cette femme-là.

Le Bateau.   3,

LAFLEUR , *qui s'est glissé près d'Elise.*

Tâchez de le faire sortir, et nous en serons débarrassés.

ELISE.

Bon !.. Mais, monsieur Moufflet, vous auriez dû, ce me semble, accompagner mon père chez son notaire.

MOUFFLET.

Ah! mademoiselle, si j'avais cru que cela vous fît plaisir....

ELISE.

Ce peu d'empressement n'est pas flatteur pour moi.

MOUFFLET.

Excusez, Mademoiselle, v'là que j'y cours.... A propos, où demeure-t-il, ce notaire?

LAFLEUR , *vivement.*

Voulez-vous que je vous y conduise?

MOUFFLET.

Ah! mon ami, rendez-moi encore ce service.

ELISE , *bas, à Lafleur.*

Où voulez-vous le mener?

LAFLEUR , *bas, à Elise.*

A Rouen.

MOUFFLET

Que parlez-vous de Rouen?

LAFLEUR.

Je dis que je vais vous mener chez monsieur Rouen, notaire.

SCÈNE XV.

LES PRECEDENS , ARMAND, *précédé par les habitués du café.*

AIR : *La loterie est la chance.*

D'impatience je grille,
Quel spectacle va s'offrir !
Déjà la flamme pétille,
Et le bateau va partir.

FLANARD.

Quant à moi, Messieurs, je pense
Que bien des gens maintenant,
Vont pour cette diligence,
Manquer le coche souvent.

(*Armand entre au moment où Moufflet va sortir.*)

ARMAND , *arrivant le dernier.*

Ah! je retrouve donc enfin ce cher cousin Moufflet.

MOUFFLET.

Mon cousin, certainement....

ARMAND.

Souffrez que je vous embrasse.

MOUFFLET.

De tout mon cœur.

ARMAND , *en l'embrassant.*

Que je suis aise de vous revoir. (*à part*). Je voudrais qu'il fût au diable.

MOUFFLET.

Et moi pareillement, mon cousin.... Mais j'ai affaire.

ARMAND.

Ah ! nous ne nous quitterons pas comme ça.

LAFLEUR , *vivement à part.*

Allons, il va le retenir. (*haut*) Monsieur, je vous attends pour vous conduire chez le notaire.

ARMAND , *à part.*

Qu'entens-je ?

LAFLEUR.

Je suis sûr que votre beau-père s'impatiente.

ARMAND , *à part.*

Le traitre !

MOUFFLET *à Lafleur.*

Je vous suis.

ARMAND.

Eh quoi, vous voulez déjà me priver de la société de ce cher cousin ?

MOUFFLET.

Le bon parent! comme il m'aime ! c'est pour signer le contrat.

ARMAND.

Je ne le souffrirai pas. Je vous accompagnerai partout.

LAFLEUR , *à part.*

L'etourdi! il va tout gâter.

(*Élise fait des signes à Armand.*)

ARMAND.

Je ne comprends pas.

LAFLEUR, *entraînant Moufflet presque malgré Armand.*

Allons, allons, Messieurs, vous aurez tout le temps de vous donner des preuves de votre attachement quand nous reviendrons.

AIR : *Bon voyage.*

Le temps passe,
Monsieur Moufflet,
Si vous voulez que le contrat se fasse,
Le temps passe
A l'heure qu'il est,
Un seul moment de retard nous perdrait.

ARMAND.

Mon cher cousin, nous nous verrons j'espère,
Car pour cela j'arrive tout exprès.

MOUFFLET.

Mon cher cousin...

LAFLEUR, *l'entraînant.*

Venez chez le notaire.

MOUFFLET.

Nous nous aimons...

LAFLEUR, *à part.*

Mieux de loin que de près.

ARMAND, *à part.*

Ah! j'enrage;
Maudit Moufflet!
Comment, hélas! rompre son mariage?
Ah! j'enrage;
Maudit Moufflet!
Mais de Lafleur quel est donc le projet?

LAFLEUR, *à part*

Bon voyage,
Monsieur Moufflet!
Allez ailleurs chercher un mariage;
Bon voyage,
Mon cher Moufflet!
Nous le tenons, le succès est complet!

(Lafleur et Moufflet sortent. Au moment où ce dernier met le pied dans la rue, plusieurs recors le saisissent et l'entraînent. L'horchestre reprend : Bon voyage.)

SCÈNE XVI.

LES MEMES, *excepté* LAFLEUR ET MOUFFLET.

ARMAND.

Dites-moi donc, ma chère Elise, pour quelles raisons Lafleur est si empressé d'emmener Moufflet?

ELISE.

Je l'ignore, mon ami. Ce valet m'a dit de l'aider à faire sortir votre rival du café.

ARMAND.

O ciel! le coquin se serait-il laissé corrompre? Je crains que nous ne soyions la dupe de quelqu'une de ses inventions.

ELISE:

Vous me faites trembler.

TOUS LES HABITUÉS.

Le voilà! le voilà!

ELISÈ ET ARMAND,

Qui donc?

FLANARD.

Le bateau à vapeur. Je savais bien qu'il partirait à cinq heures vingt-cinq minutes. (*Il a tiré sa montre.*)

Tout le monde se groupe dans le café. On voit passer le bateau à vapeur, qui traverse lentement le fond du théâtre pendant le couplet suivant.

FLANARD.

AIR : *Vaudeville de Boursault.*

De ce bateau plein d'élégance,
L'aspect ravit le spectateur;
Plus leste qu'une diligence,
Le feu lui sert de conducteur.
Sur l'onde où maintenant il flotte,
Il se fraye un chemin nouveau;
Je prédis qu'un jour ce bateau
Fera la barbe (*ter*) à la gaillotte.

SCÈNE XVII.

LES PRECEDENS, CARAFON.

CARAFON, *en déhors.*

Victoire! victoire!

ELISE.

J'entends la voix de mon père.

ARMAND.

Que va-t-il nous apprendre ?

CARAFON.

Le tour est excellent ! ma pauvre Elise !

AIR : *Vaudeville des filles à marier.*
Pour toi quel coup de foudre,
Moufflet l'emporte enfin;
Il faudra te résoudre
A lui donner ta main.
Tu ne crois plus, sans doute,
Qu'Armand t'épousera,
Le cher homme est en route.

TOUS.
Le voilà, le voilà.

CARAFON.

O ciel ! que vois-je ?

SCÈNE XVIII.

LES PRECEDENS, LAFLEUR *accourant.*

LAFLEUR.

Victoire ! victoire !

CARAFON.

Quel est donc celui que Durfort emmène ?

LAFLEUR.

Votre neveu Moufflet. Le tour est excellent ! n'est-ce pas, Monsieur ?

CARAFON.

Comment ! je lui avais pourtant bien remis le signalement de ce mauvais sujet.

LAFLEUR.

Oui, mais j'ai eu l'adresse d'y substituer celui de notre rival.

CARAFON.

O malédiction ! il faut courir après !

ELISE.

Eh ! mon père, laissez aller cet imbécille.

CARAFON.

Je le rattraperai aux bons hommes.

LAFLEUR.

Y pensez-vous, ce bateau va comme le vent.

CARAFON, *à part.*

Il a raison; et si ma fille n'est pas mariée dans quelques heures, il faut rendre la succession.

ARMAND.

Ah ! mon oncle !

ELISE.

Ah ! mon père !...

ENSEMBLE.

AIR : (*Du Petit fifre*) *méchant, méchant.*
Cédez, cédez à ma tendre prière ;
Daignez unir de fidèles amans.
Nous nous aimons , et jamais un bon père
Ne doit vouloir chagriner ses enfans.

CARAFON , *à part.*

En vain je voudrais maintenant
Témoigner ma colère,
La nécessité me défend
De me montrer sévère.
Exauçons leur désir secret,
Dans cette conjoncture,
Je sers à la fois l'intérêt,
L'amour et la nature.

(*On reprend ensemble*).

CARAFON.

Allons, mariez-vous donc ; puisque je ne puis faire autrement, j'y consens ; mais si tu t'en repends un jour, tu ne viendras pas te plaindre à moi.

ELISE.

Je suis sûre qu'Armand fera mon bonheur.

ARMAND,

Oui, mon oncle, ne fut-ce que pour vous faire revenir de vos injustes préventions.

CARAFON.

Soit ; à demain la noce.

LAFLEUR , *bas à Armand.*

Et le paiement de ma gratification.

ELISE.

Vous conviendrez, mon père, que c'est une belle découverte que celle des bateaux à vapeur.

CARAFON.

Oui, mais les faites servir à un usage auquel ils ne sont probablement pas destinés.

LAFLEUR.

Aussi, Monsieur, nous comptons bien demander pour cela un brevet d'invention.

VAUDEVILLE.

LAFLEUR.

AIR : *Vaudeville de Lantara.*
Nos plus belles découvertes
Sont lentes à prospérer ;
Mais nos voisins sont alertes,
Et savent s'en emparer :
Ce chef-d'œuvre d'industrie
Fait leur admiration ;

On en doit à ma patrie
Le brevet d'invention.
ARMAND.
Aussi tendres que légères,
Femmes, pour vous faire aimer;
Vous savez de cent manières
Nous séduire et nous charmer.
Pour embellir par la suite
La plus heureuse union,
Chacune de vous mérite
Un brevet d'invention.
FEUILLET.
Jadis Corneille et Molière
Inventaient chaque sujet;
Aujourd'hui l'on veut refaire
Tout ce que d'autres ont fait.
La gloire est prompte et légère;
Mais aussi sur l'Hélicon
On ne délivre plus guère
De brevets d'invention.
CARAFON.
Je rassemble dans ma cave
Quantité de vins exquis,
Madère, Bordeaux et Grave,
J'en fais de tous les pays;
Aussi parfois on m'aborde
Pour voir ma collection,
Et pour mes vins on m'accorde
Un brevet d'invention.
FLANARD.
S'il survient quelque scandale,
J'en suis instruit le premier,
Et l'on me nomme à la halle
La gazette du quartier;
L'art de narrer où j'excèle,
Fit ma réputation,
Et l'on me doit par nouvelle
Un brevet d'invention.
GOBIN.
Quand je me mis en ménage,
Je pris pour femme un démon;
Mais lorsqu'elle fit tapage
Je la mis à la raison;
Depuis cet instant ma femme
Est pleine d'attention;
Et pour ce fait je réclame
Un brevet d'invention.
ELISE, *au public.*
Des brevets que le parterre
Dispense avec équité,
Ici personne n'espère
Celui d'immortalité;
Dans cet humble sanctuaire,
Toute notre ambition
Serait d'avoir pour vous plaire
Un brevet d'invention.

IMPRIMERIE DE DOUBLET , rue Gît-le-Cœur, nᵒ. 7.